五行歌集

ありがとね、ありがとね、ありがとね

目次

表紙絵 喜多正直
装 丁 しづく

1
反抗期

環状線を走る
特急列車のような
息子の反抗期
止まらない
終わらない

目つきが
変わる
息子が
暴れる
前触れ

用意した夕食を
息子に
ひっくり返され
泣くこともできず
突っ立って居る

「オマエが悪いんや！」
観音様のような次男が
たった一度
長男に撲りかかった
私を守るために

穴の開いた壁も
傷付いた車も
修理は終わった
息子の心の穴だけが
埋められない

この山を
越えても
また　山が
ありそうな
波乱万丈の毎日

出来が
悪かろうが
私の子だ
他人に貶されると
無性に悔しい

次男は
泣いていた
長男が
学校に
行けなくなった日

修学旅行にも
行かぬ
息子は
空白だけを
思い出にするのか

飽き性の
息子が
登校拒否だけを
いつまでも
続けている

級友達のお土産を
黙って受け取る
息子の
洟をすする
音がした

息子が
子宮《ここ》にいる時は
いつも一緒で
ずっと
仲良しだった

できるなら
もう一度
子宮《ここ》に帰して
胎教から
やり直したい

修学旅行の
おみやげは
喧嘩ばかりの兄に
真っ先に
渡している

食卓には
長男からの
メッセージが
置いてあった
次男　高校入試の朝

不登校だった
兄が
弟の
皆勤賞を
楽しみにしている

欠席0遅刻0
歩いて通った三年間
最高の褒美は
兄からの
金一封

制服を着る
学校に行く
友達が来る
フツーが
嬉しい

2

おおー、くすぐったい！

ひめかちゃんの「ひ」
ひめかちゃんの「め」
ひめかちゃんの「か」
三歳男児が初めて覚えた
特別な三文字

Aちゃんが
帰った後の机には
小さな小さな文字で
「K君、好き！」と
書いてある

「例えば先生が
俺の姉ちゃんとするやん！」
フィフティーンが
アラフィフの私に言う
おおー、くすぐったい！

「俺、今日、ヒーローになってん
昨日、教えてもうたこと
授業中、みんなに説明したってん！」
私は秘かに
女王気分よ！

♪ティーチャーのティーは
お茶のティー
ティーチャーのチャーはお茶♪
いつのまにやら
学習塾のお茶係

「先生
飴はくれたけど
ムチはいつくれるん？」
毎日
与えてるのに…

「9人の3分の1は？」
「3分の1人！」
人間
切り身にしたら
あかんでぇ！

由貴ちゃんは
最近
知恵がついてきた
難しい宿題は
失くしてしまう

「ぼくの宿題
お父さんが
会社に持っていきました！」
言い訳考える時間に
できるやろ！

抱っこを
せがむ子が
「お嫁さんにしてあげるね」と
言ってくれる
老後は安泰や

顔じゅう口にして
大泣きする
いちねんせい
かわいくて
またいじめたくなる

「上手に書けたねぇ」と
ほめると
「せんせいのはなまるも　きれい！」と
手までたたいてくれる
いちねんせい

「おかげさんで
百点とれましたぁ」
満面の笑みと共に
五年生が
癒しをくれる

新しいこと
ひとつ　覚えた日は
お礼をくれる
落ち葉だったり
紙ふぶきだったり

「先生
いつもおせわになってます」
おやつのミルキィーを
ひとつ　分けてくれる
小学生

「今日から
新しい先生？」
久しぶりに
マスクを
外しただけなのに

私が叱る
三年生が反抗する
「二人ともけんか止めなさい！」
仲裁に入る
いちねんせい

叱った後でも
「ありがとうございました」と
頭を下げてから帰る
優花ちゃんは
稲穂のように礼儀正しい

3　今どきの

お遊戯会では
全員が白雪姫
今どきの
幼稚園の
不気味さ

脅威！
ニート、ネットカフェ難民
ワーキングプアが
子どものなりたいベスト20に
入ってる

「子どもが気がかりです」
と　言いながら
ワイドショーは
両親の逮捕を
連日　詳細に報じている

「行ってらっしゃい」と言ってくれる
おじさんがいなくなって
留守電と同じ声で
「リョウキンヲオシハライクダサイ」と
駅前駐輪場

昔　観た
怪獣映画みたい
大型店舗が
小売店を
ぶち壊す

ウィークデーさえ
ひっそりしている
零細工場には
不況の音が
鳴り響く

試験に落ちたときの
孤独と同じだ
来慣れたお店の
閉店セールの
雑踏の中

倒産セールで
愛想好く接する
店員の
心を
案じている

運動会も
参観日も
入校許可証が要る
こんな時代に
誰がした

サプリメントでは
補えない
カルシウム不足だ
耐震偽装の
高層マンション

パソコンが
家電品となって
年賀状から
匂いが
消えた

元旦も
開店する
スーパーに
大晦日は
長蛇の列

帝は
羨ましがるだろう
宇宙に向かう
ロケットがある
現代を

今度のケータイは重いで！
なるほど！
電卓に辞書、
テレビまで
背負っている

批判され続けてきたものが
今
日の目を見ている
日米安保とか
自衛隊とか

点けない節電には
点けられる
安心があるが
点かない停電には
不便ばかり

美白
成功か
やり過ぎか
姫路城
まっ白

4
愛犬

発情する
猫が
気になって
今夜も眠れない
うちの犬

男前が通る
瞬間
私と愛犬の
ベクトルが
同じになる

飼い犬が吠える
その目の先に
蟻が群がる
ドッグフード
ひとつ

この犬にも
オンナを
経験させてやればよかった
更年期の入り口で
思うこと

末っ子が
家を出て
飼い犬は
家来を
失った

「ありがとう」も
「ごめんなさい」も
この一本で表していた
尻尾に
病魔

愛玩動物も
十年も飼えば
家族
「この子を助けてください！」と
懇願している

犬づきあいの悪い
犬だった
おーい！
天国では
友達できたか？

愛犬とは
バリューセットだったみたい
誰も
私に気づいてくれない
ひとりぼっちの散歩道

室外犬だったのに
逝ったという事実は
室内にまで入り込んで
すきま風のような
淋しさ

目覚まし不要
キスのシャワーで
起こされる
室内犬の
居る暮らし

愛犬は可愛くても
役には立たない
長男は
買い物くらい行ってくれた
風邪の床で思うこと

目覚めに
一人じゃない
至福をくれる
超小型犬の
巨大パワー

アンチエイジングの
ヒアルロン酸も
コエンザイムも
夜のベッドで舐めつくしてくれる
愛犬

5　オカンの生命や！

殺してしまいたい
と
思ったこともある
反抗期の渦中
今は穏やかな波

翌朝が
来ることを
恐れながら
床に就いた
長男が反抗期だった頃

割られた茶碗を
粉々になるまで
叩きつけた
私はクルッテイタ
長男が反抗期だった頃

「兄ちゃんが暴れたあと
お母さんが狂う
僕は世界一不幸な五年生
と思ってた」
十年後
テレビなんか見ながら何気に

ああ、そうだった
あの荒んだ家に
次男は
いつも　定刻に
帰宅していた

過ぎてみれば
反抗期も
陣痛と同じ
ときに
懐かしくなる

息子と
衆議員選を語る
目を合わせば
拳を振り上げていた
反抗期も過ぎて・・・

免許取立ての
息子が外出すると
襲いかけていた
睡魔が
退散する

校則は
守らなかった息子が
バイト先の
社訓を
諳んじている

バイト先から帰宅した
息子の足音
熟睡モードに
切り替わる
午前0時

いつの間にか
我が家は静かになった
そうか・・・
私の怒鳴り声が
しなくなったんだ

「今日はナベやで！」
この一言で
息子たちは
定刻に
帰宅する

和服の日は
息子が駅まで
送り迎え
ルンルンルンルン♪が
止まらない

「たとえ何百人死んでも関係ない！
一番大事なんは
俺を生んだオカンの生命や！」
身体中から
涙があふれ出た

6

こんにちは　おほしさま

一斉に
目覚ましが鳴るように
通学路は
賑やか
四月八日午前八時

かーくんは
集団登校の
班長さんを
うんてんしゅのおねえさん
と呼ぶ

「こんにちは
おほしさま」
で始まる
いちねんせいの
短冊

少年に
「ちっちゃいハイビスカス」
と呼ばれて
おしろいばな
恥らう

泡が消えた
サイダーみたい
少年たちが
一斉に降りた
昼下がりの地下鉄

スーパーの休憩所で
中学生たちが
首を
寄せ合う
二学期間近

メアドを変更して
蝶の乱舞のような
中三生の恋は
終わった
明日から9月

スタートラインもピストル音も
関係無いわ
一年生は
それぞれの心の中で
ヨーイ・ドン

転んだ後は
全力疾走は
しない
その子なりの
美学

弟ができて
妹もできて
「ママは子供生みの名人や！」
五歳児は
誇らしげに言う

スタートから
全力で走るから
いちねんせいのマラソンは
コース半ばで
ひぃひぃ　はぁはぁ　ふうふう

「あっ、一等星や！」
月を指さす
園児
満月のような
笑みで

「シーッ！
お口チャック」
幼児が
吠え立てる犬を
なだめている

パワースポットだ
元気と
癒しをくれる
0歳の居る
家

他人様の孫でも
別れるのが
辛い
ホンモノできたら
食べてしまいそう

道を譲ったら
「ありがとうございます」と
自転車の少年
去ってゆく背筋に
家族の笑顔が見える

ラブレターをもらった
小学生が
ご丁寧に返事を書いている
「心に決めた人がいます。
君とはけっこんできません。」

在日歴二年の
中国人の子
アニメで覚えた
言葉で
反抗している

少年が
母国へ帰った
必死で涙をこらえる
少女の横顔が
美しい

7 トマトの情熱

快晴
気温20度を超えると
チューリップたちは
嬉しくて嬉しくて
ずっと笑っている

燕尾服が
完成するまで
あと僅か
巣の中で
ひしめきあっている

宮殿を
飛び出してきたような
黒蝶
路地裏での
遊び方を知らない

まだ
泣き足りないような
灰色の空を
一筋の陽が
くすぐり始める

花瓶にさした
向日葵は
方向が
分からず
途方にくれている

アスファルトの
隙間から
芽を出す雑草
器用で
悲しい生き方

やがて
太陽に
恋をして
赤くなる
トマトの情熱

日傘を
差しかけてあげたいような
グラジオラスの
生まれたての
白

びっくりさせるつもりは
無かったのに
びっくりした家守が
頭の上に降ってきて
家守よりびっくりした私

我が家に居を構えるヤモリが
子を産んだ
知らぬ間に
男も
連れ込んでいたのだ

蝉の声がしなくなった
大木は
孫が
帰った後の
おばあちゃんの顔だ

綿毛を飛ばした
タンポポと
燃え尽きた
線香花火は
何処か似ている

季節外れの
綿毛が
舞っている
告白しそびれた
少女のよう

「春が眠っています
ゴミを
捨てないでください」
冬の花壇に
立て札

生まれるとこ間違いましてん
顔を歪めながら
翌日には融けてゆく
なにわの
雪だるま

8　お父ちゃん

桜の季節に訪ねて
あらためて思う
お父ちゃん
ええ場所にすんでるなぁ
線香を立てる

母には
言えない
真実を
父の墓前で
告げている

生きていれば
八十歳の父が
皺のない顔で
笑っている
あの日と同じ秋の日

薄れゆく意識の中で
伯母が呼んだ
名は
お転婆な
少女の頃の私だ

可愛がってくれた
伯母が逝く
繋いでいた手を
ゆっくりと放すように
伯母が逝く

伯父が逝き
伯母が逝き
独りぼっちだった
父の墓に
隣組ができた

今どきの湯灌の儀を見ながら
疾うに死んだ
父を思って涙した
義父の
通夜の日

9

生きてたら何とかなるんやって！

告白せずに
終わった恋を
思い出させる
凌霄花
明日は同窓会

高校時代
サッカー部の連中の目が
怖かったのは
対戦相手に体当たりする
エネルギーを蓄えていたからだ

四十年ぶりの同窓会名簿で
あの子が
故人になってたん
中庭の思い出が
悲しいて、悲しいて・・・

「あの日の約束
守ってくれへんかったやん！」て
もう言われへん
あんた
もう　この世におれへんのやぁ

大っ嫌い！
だと思っていた
ライバルが自殺した
あほや、あほや、
あほやぁ〜っ！

自身の病気
親の介護
孫の世話
女子出席者の少ない
アラ還のクラス会

離婚した子がいる
失業した子がいる
死にかけた子もいる
逞しい命の匂いがする
小学校クラス会

朝起きたら
夫、おらんかってん
離婚の経緯を
淡々と語る彼女は
もう次のステップへ進んでる

入った会社が次々に倒産して
今、四社目
生きてたら何とかなるんやって！
彼の笑顔は
クラス会の最高のおみやげ

10　オカン、ウハウハやろ！

スーツ姿の息子を
見送りながら
反抗期に棲みついていた
悪魔を
せせら笑ってやった

キレたらあかん、キレたらあかん
呪文のように
唱えながら
職場へ向かう
社会人一年生

「オカン、ウハウハやろ！」
惜しそうに
四万円を
くれる
今日は息子の給料日

ありとあらゆるものを
退散させて
息子からの花を
我が家の特等席に置く
五月第二日曜

思いもかけず
息子からの
誕生日プレゼント
「今まで生きてきた中で一番幸せ」が
また更新された

反面教師だった兄が
弟に
お年玉なんか
あげている
二〇〇九年一月一日

「お母さん」としか
呼ばない次男が
電話の向こうの友人に
「オカンが・・・」
と言っている

「オカンも
女の子が欲しかったやろ」
息子であることを
すまなそうに言う
産んだのは私なのに

初ボーナスから
ばあちゃんにお年玉
息子は
イケテル孫を
目指してる

長男にも
次男にも
大事な女性が現れて
母《わたし》は愛犬と共に
放し飼い

正反対の性格の
兄弟それぞれが
デートに忙しい
蓼食う虫に
感謝！

デート以外の日は
行き先と
連れの名を
伝えてゆく
分かりやすい子だ

蓼に飽きた
虫は
去った
長男のクリスマスは
寂しマス

「オカンは
男運が悪い！」
その男の一人に
アンタも
カウントしてる？

嫉妬深い女って面倒くさぁ～
息子よ
母も
かつては
面倒くさい女でした

きっと密かに
長男も
始めているはず
次男旅立ちまでの
カウントダウンを

眼にいっぱいの
花粉を浴びて
帰ろう
今日
息子が家を出る

「売れたら　金くれよ！」
のメッセージと
裸の一万円札
漫画家志望の弟へ
兄からの餞

「金に困っても
オカンは頼りにならんぞ！
俺に言うてこい！」
次男を送る優しさも
長男方式

鼻づまり
解けなかった数独
昨日家を出た息子
よってたかって
睡眠を妨げる

息子が家を出た
空白を埋めてくれたのは
ダルビッシュだったり
岩隈だったり
やっぱりイケメンだ

長男も居ない
次男も居ない
一人の食卓では
時間が三分の一の速さでしか
流れない

「寂しい」を
声にしたら
飼い始めたばかりの
鬼までが
心の隅でしゃくり始めた

頭の中心に
独り暮らしを始めた次男が
いつも居る
車で出かけた長男が
時々交替する

息子の
初めてのひとり暮らしを
初めての幼稚園
と同じ重さで
心配している

ついさっき吉祥寺で別れた
息子からのメールには
ありがとうのスコールが
涙じゃぶじゃぶ流した
新幹線の中

「息子は永遠の恋人」
誰が言い出したのか
私も
その指に
止まります

たった二日の
息子の帰宅
一瞬の安堵のあとは
寂しさに囲われ
四面楚歌

一人暮らし十ヵ月
息子の
レパートリーに
「ひじきのたいたん」
まで入ってる！

12

私、オール5やん！

いないと
ちょっと哀れで
できたらやきもきする
離れて暮らす息子の
恋人

偶に
東京言葉が交じる次男
そのうち
大阪弁を全部
脱ぎ捨ててしまうんやろか

四角い部屋が
四角く
掃除されている
一人暮らしのはずの
息子の部屋

部屋着が
きちんと畳まれていて
まだ彼女の温もりが
残っている
息子の部屋

「彼女の写真見せて！」
息子が
出してきたのは
ハートマークいっぱいの
ツーショット

幸せな
ひとり暮らしのようだから
私《はは》は　もう
ベンチで見守るだけで
いいのだ

「初めまして！」
鏡の前で頭を下げる
長男
次男の彼女に会うときの
リハーサルらしい

次男がちょっと太って帰阪した
彼女のお陰やん
けど
ホンマは
ちょっと妬いてんねん

一斤百円の食パンで六日間
偶の贅沢は半額弁当
無類のケチ男は
経験したひとつひとつを
仕事に活かしている

努力を重ねて
夢への坂道を
登っている
胎に居た子が
ちょっとまぶしい

「母親終了」の
ゴングが
鳴り始めた
「次回は
彼女を連れて帰ります」

親元を離れて四年も経つと
何でも事後報告
大人になったんや・・・
温《ぬる》くなった
コーヒーを啜る

「息子が選んだ彼女は
お母さんへの通信簿」
それやったら
私
オール5やん！

爪の垢
煎じて飲みたいのは
私の方やわ
息子の彼女
ええ子やねん！

「ママに貰ったものは
特別な日に戴きます」
どってことない食べ物を
ご馳走に変える
うちの嫁の魔法

「内助の功」で検索すれば
里田まいにヒットする
何の、何の
息子の嫁も
負けてへんで！

夢を追いかけて
定職を持たぬ息子に
寄り添ってくれる
ああ
天使のような女性だ

13　失敗作のチョコレート

あなたと私の間では
お鍋からあがる
湯気までが
ハート形
そんな時代もあったよなー

欠かさず見ていた
連続ドラマが終わった
家族が一人
出て行ったようで
なんか空しい

昔は
恋人にしたかった
今は
息子にしたい
鉄腕アトム

大きな仕事が
ひとつ終わった
こんな日限定の
もたれかかる
男が欲しい

二足のわらじは
同時に履くと
歩きづらい
一足ずつ
交替に履くことにする

汗まみれの
球児たちを
見下ろしながら
勝利の女神は
大弱り

人には
無愛想なのに
犬には
話しかける
隣のご主人

一人で着物を着ても
ウォーキングをしたあとも
「えらいなぁー」と褒めてくれる
近所のおばちゃん
気分が好い

近所に新しい入居者
子どもの泣き声
お母さんの怒鳴り声
懐かしくて
恥ずかしい

「ハートの熱さで
溶けちゃいました」の
メッセージを添えて
贈る
失敗作のチョコレート

14　玉手箱開けちゃった

ファイバースコープが
喉元を過ぎる
「上手に呑み込めましたね」
褒められても
嬉しくない

あの耳鼻科には
もう行かない
だって
イケメン先生に
鼻の穴　広げられたんだもん！

流行の最先端を
取り入れてしまった
気に入ったのではなく
気に入られたのだ
A香港型に

インフルエンザが去って
熱が引いて
おかえりなさい
私の冷たい足
私の日常

追試と
欠点の
何と
多いこと！
人間ドック成績表

タクシーも来ない夜明け前
パジャマ姿で
とぼとぼ歩く
救急車使用後の
みじめ

元の場所に戻って
思い出す
目薬を
差すつもりで
二階に上がったこと

白内障手術まで
あと一週間
ちょっとドキドキ
ドクターは
若くてイケメン

キャアー
玉手箱開けちゃった
白内障手術から
一夜明けての
鏡の前

レーザー治療をした後は
ぽとり
目玉が
落ちてきそうで
上を向いて歩いている

目覚めたら
壁の時計が裸眼で見える
ど近眼が
術後手に入れた
極上の幸せ

15　合格発表の朝

生徒の
緊張感が
静電気のように
痛い
入試直前

「叱られた悔しさが
合格して
感謝の気持に
変わりました」
ぼた餅が美味い！

朗報は
まず一番に私に届けられた
指導者冥利に
尽きる
合格発表の日

用意しておいた
慰めの言葉は
未使用のまま
ゴミ箱へ
合格おめでとう！

嬉しい報せが
届きやすいように
玄関周りを
丁寧に掃除する
合格発表の朝

「先生、ごめんやで
高校　落ちてしもて・・・」
メールのその先が
かすんで
読めない

ふわり「桜散る」ような
優しさはない
加速をつけて
ずどんと落ちてくる
不合格通知

初めて
挫折を味わった
十五歳には
どんな言葉も
届かない

「次　頑張れば、大丈夫！」
と言えば
「上から目線や～！」と嘆く
そっと触れても
受験生は痛い、痛い

三千円の合格守を
買わないと
絵馬は書けないらしい
浪速の神さんは
商魂たくましい

「高校合格できたら
先生の欲しいもん
何でもあげるわ！」
たるんだ腕に力こぶできる程
気合が入る

大学からの
不合格通知
郵便受けに
ひっそりと
寒い春

株価急落が続いている日本を
一瞬明るくしたのは
四人の学者だ
子どもたちよ
やっぱり勉強しなさい！

16　花束をあげたい

「死ぬ」の意味がわからず
重度知的しょうがいの子は
天国さえ
戻ってこれる場所だと
信じている

少ない語彙と回らぬ舌で
懸命に伝えようとする
重度知的しょうがいの子
理解できたら
ハグのごほうびをくれる

そうだ
難しい言葉は
通じないのだ
当たり前を
拭い去る

「ノー」とは言えない
発達しょうがいの子に
「オマエがやったんやろ！」
と傷つける
大人がいる

脳にモザイクがかかって
あと先の区別がつかなくなる
アスペルガーの子
ああ、またアリバイ
崩してる

「先生、ごめんなさい
教えてもらったこと
またわすれました」
発達遅延の子
健気である

「重たい本」を

「じゅうたいほん」と読む

5回目に

初めて書けた！

「おもたいほん」

うなづきながら
一生懸命の目で
話を聞いてる子
最後に
「で、どういうことですかぁ？」

「駄目！」と言えば
「俺は嫌われている！」と拗ねる
ハグすれば
すぐに落ち着く
長身の中二男子

「先生、60点取りましたぁ～」
自転車ごと
舞い上がりそうな声が
教室の前を
通り過ぎていく

子どもたちを
褒める時
同時に私は
自分自身を
褒めているのだ

懇談でばれることなど
考えないから
お母さんには
＋αで点数を伝える
発達遅延の子

「あんなに教えてもらったのに
こんな点数しか取れなくて
ごめんなさい」
憂いを知っている子は
とても優しい

ばあちゃんに叱られると
「今から家出します」と
予告に来ていた子
十七才になって
すっかり落ち着いた

「ほめれば伸びる」
を信じて
今日も
発達しょうがいの子の
瞳にうつったえる

勉強し続けないと
僕の頭は忘れるんです
だからずっと勉強します
ああ、この子に
花束をあげたい

17 荷物のなくなった部屋で

息子が
会社を辞めてきた
相談したい
男がいないから
初詣に行く

たこ焼きを焼く
アルバイト店員が
まぶしい
息子は
プータロー

引き出物の包装紙に
新郎新婦の顔写真
「しょーもなー」と言いながら
丁寧においてある
そこが息子のエエところ

今月も
ニート更新中
救いは
起床時間が
早いこと

追い出したったら
可哀そうや・・・と
買ってきたばかりの豆を
食べている
面接　あかんかったんや

仕事がなくて
「死にたい」と言った息子が
火災現場で
犬を助けに戻ろうとする少年を
必死で抑えていた

ドラマの
最終回のように
荷物のなくなった部屋で
ひとり立っている
息子が出て行った翌朝

すねかじりの
寄生虫が
家を出た
せいせいすると思っていたのに
スースーしている

空気を混ぜっ返す奴が
居なくなった
穏やかさは
底知れない
寂しさでもあるのだ

腹を立てることは
パワーの源でもあったのだ
息子が
家を出て
気づいたこと

18 ありがとね、ありがとね、ありがとね

心が
閉ざされそうな日は
母に
会いたくなる
ああ、いつまでも子どもだ

「ゆっくり寝ときや！」
と食事を持ってきてくれる
友人が居て
私は
快復へと向かう

打たれても打たれても
この杭が
凹まなかったのは
支えてくれる大きな力が
あったからだ

「私が病気になった時も
診てください」
思わずお願いしたくなる
獣医さんの
優しい眼差し

「一週間後、同窓会やねん」
その一言で
いつもより入念に
ヘアマニキュアしてくれる
美容師さん

哀しい涙は
いつも　そのベロで拭ってくれた
むくろになった愛犬に
ありがとうを
くり返す

学習教室を始めて十八年
今では
半数が発達しょうがいの子
天職だったと
言える日がくれば幸せ

別居生活十年
生活費は送り続けてくれる
夫に
今なら言えそう
ありがとうって

どちらがより好きか
なんて　言えない
これからもずっと
二股愛だ
長男と次男に

来世も
息子たちの
母でいよう
褒めて笑って
育てるのだ

「ありがとね、ありがとね、ありがとね」
で　始まるメッセージ
一生忘れない
忘れたくない
今年の母の日

跋　いくつもの花束

草壁焰太

勉強し続けないと
僕の頭は忘れるんです
だからずっと勉強します
ああ、この子に
花束をあげたい

この歌を読んだ瞬間、私は呆気にとられて立ち往生し、しばらくして泣いた。勉強の本まで書き、自慢たらたら、いい点をとったことを言いまくった私にも、ずっとこういう不安はあった。人は能力を試され続ける。そのうえ、知識と知恵の世界は落とし穴だらけで、一生の恥ともなるポカがいたるところで待ち受けている。数学がわからないで、○点だったこともある。二十点だったこともある。

そのころ、二つの道があると思った。諦めてしまうか、ずっと努力し続けるかである。

ひまわりさんのこの教え子は、知能に問題があるとされて、物が覚えられないといわれている子どもらしい。こういう子の不安とあせり、悲しみはどういうものだろう。知的障害だとか、発達障害だという烙印まで押されたこの場合は……。

「だからずっと勉強します」の道を結果として私は選んだ。

そのことを思い出したのだ。

能力についての不安とそれに対する最も清々しい態度を、この少年はみつけた。私も作者といっしょになって花束をあげたいと思った。花束は作者にあげた。

『五行歌』の表紙にこの歌を使った。この二人に敬意を払う私にとっての唯一の方法であった。

ここに見る作者の弱者に対する優しさのようなもの、これは彼女が五行歌にかかわってくれたときから一貫していた。それが大きな花となった気がした。私はこの歌を世界中の子どもに見てもらいたいと思う。

もちろん、こういう不安を覚えているいい大人にも。

彼女の作品が私たちを驚かせたのは、最初は別のテーマであった。この本の冒頭に見る息子の反抗である。五行歌運動は、今、始まって二十年ほどだが、この新しい様式は誰がいかにその人の真実を明かし、歌ってくれるかにある。

その人がいままでにない詩歌を書けば書くほど、五行歌の世界は真実となり、豊かになる。真実は、多くの場合、心の傷である。その傷が新しい花を咲かせる。人は感性と思いとでその傷をカバーしようとする。傷に載せた葉が花と化すようなことがある。歌はそういう奇跡であろう。
最初の歌は、「物が覚えられない子」という傷から生まれた大きな花であろう。

環状線を走る
特急列車のような
息子の反抗期
止まらない
終わらない

用意した夕食を
息子に
ひっくり返され
泣くこともできず
突っ立って居る

翌朝が
来ることを
恐れながら
床に就いた
長男が反抗期だった頃

「オマエが悪いんや！」
観音様のような次男が
たった一度
長男に撲りかかった
私を守るために

こういうDVにも近いような息子の反抗期を書いた人は、いままでにいなかった。私はよく正直に書いてくれたと思った。ひまわりさんは、意志力の強い人であった。また、手早く、何を頼んでも正確にやるところがあった。いつまでも少女のようなふんいきの女性で、いつもオール5だったのではないかというような。

そういう確かさが信頼され、大阪歌会の事務局をやっており、その後は長く代表も務めた。

しかし、大丈夫だろうかという心配もした。子ども達の男親はいっしょにいないようだった。

反抗期は、私も四年近く親に口を利かなかった。あれは自分が自分であろうとするときに、力がないため、親や親の世代の忠告に侵食される。そういう自分のプライドを守るための遮断であろうか。その怒りが物に当たるように出始めたならば、恐ろしいことになるだろう。

この歌集を見ると、時間とまわりの人間関係、社会との関係が徐々にこのことを解決し、この子が「一番大事なんは／俺を生んだオカンの生命や！」と言うようになる。

それはおそらく反抗期のさなかから用意されていた長男の告白のような気がする。これもまた双方の花となったのである。

母親と息子の間の物語は、母親の側から見ると、永久に終わらないもののようだ。人の詩歌をずっと見てきて、これればかりはどうしようもないものと感ずる。父親と娘の間にもそれはあるが、母と息子の関係には産むという行為があるだけ、根強いという気がする。母にとって息子は信仰のようになっていることが多い。異性への憧れと産むという行為が一体化しているというような。

この母にとっては、二人の息子がそうである。穏やかな性格の次男は、漫画家志望で東京に出る。一人暮しを始める次男を思うやきもきは、たちまち若い女性に譲ることになる。

ついさっき吉祥寺で別れた
息子からのメールには
ありがとうのスコールが
涙じゃぶじゃぶ流した
新幹線の中

長男も居ない
次男も居ない
一人の食卓では
時間が三分の一の速さでしか
流れない

いないと
ちょっと哀れで
できたらやきもきする
離れて暮らす息子の
恋人

「息子が選んだ彼女は
お母さんへの通信簿」
それやったら
私
オール5やん！

息子たちは成長し、この歌集も二人の協力で生まれた。カバーの絵は次男が、「ありがとね、ありがとね、ありがとね」は、歌集の最後の歌、長男が母の日に彼女に贈ったメールの冒頭であるという。

「ありがとね、ありがとね、ありがとね」
で　始まるメッセージ
一生忘れない
忘れたくない
今年の母の日

これで長すぎる歌集のタイトルの意味もわかった。長ければこそいいタイトルである。

歌によると、彼女の「夫」は生活費だけは送り続けているという人である。この間、彼女は家を学習教室としていた。毎日で二、三十人くらいは来ているらしい。彼女はこのために昼頃から夜十時頃まで忙しい。

多くの時間、近所の子ども達を教えている。子ども達とのやりとりも、いつも面白かったが、冒頭にあげた歌もそうであるように、彼女の塾はしだいに知的障害や発達障害のある子が増えてきた。私が思うに、彼女はそういう子を叱らない。

何度でも正しい答えを出してくるのを待つ。何度も同じことを教えるのはつらいことだから、他の人はめんどうがって辛抱できない。このため、優しい彼女の塾にしか行けなくなったのだろう。

何らかの障害がある子が高校を出て、就職した。あるとき、その話を聞いたことがある。心から嬉しそうだった。私は、このときこの人は根っこから善良な人だと確信した。意識が弱い人へ、弱者へと自然に向かう。

このたび、大阪歌会の代表を降りたが、これも二人の母親のお世話するためだった。

「あんなに教えてもらったのに
こんな点数しか取れなくて
ごめんなさい」
憂いを知っている子は
とても優しい

朗報は
まず一番に私に届けられた
指導者冥利に
尽きる
合格発表の日

うなづきながら
一生懸命の目で
話を聞いてる子
最後に
「で、どういうことですかぁ？」

「先生、60点取りましたぁ〜」
自転車ごと
舞い上がりそうな声が
教室の前を
通り過ぎていく

いまでは、彼女の生徒たちが知り合いの天使たちのように思える。

この子たちが生きていけるように務める彼女の心を、この歌集が、未知の読者にも伝えてくれるように祈る。

あとがき

一九九九年五月二日、この日は私が初めて大阪歌会に参加した日です。当時、家庭では長男が反抗期のまっ只中。そこからつかの間でも逃れたいという思いからの参加でしたが、「五行歌は何の制約も無く、自分の気持を五行で表せばいい」と聞いて、軽い気持で「だったら、出来そうだわ」と続けることになり、今日に至ります。泣きたいことも、辛いことも五行にする事で自身の励みになっていたように思います。

今回、歌集刊行にあたって、これまでに書いた歌をすべて読み返しました。すると、辛いことを書いたはずの歌を読みながら思い出すのは、その頃、支えてくれた人の優しい顔、励ましの言葉だったのです。一人で頑張っていたつもりが、実は多くのみなさんに支えられていたのですね。タイトルを「ありがとね、ありがとね、ありがとね」と決めたのはそのときです。この言葉は二年前の母の日に、当時独り暮らしを始めて数ヶ月の長男から贈られたメッセージですが、以来、私の大好きな言葉となっています。まずは私を支えてくださった多くの皆さんに、ありがとね、ありがとね、ありがとね。

歌集上梓を決めたときから、表紙絵は次男に描いてもらいたいと思っていました。観音様のような子ですから（笑）、快諾してくれることを信じてはいたのですが、何しろ私の作品のほとんどをこれまで見せたことがないので、どんな反応がくるのかと、ドキドキはらはらでした。でも、数日後、「五行歌ってアルバムみたい。でも、アルバムだったら好い時しか残らないけど、悲しいことも嫌なことも残って、そこがまたいいなあ…」と感想を聞かせてくれました。

長男から貰ったメッセージをタイトルに、そして次男の絵が表紙を飾ってくれる、初めての歌集を出せた私は幸せすぎる母です。息子たちにも、ありがとね、ありがとね、ありがとね。

ところで、私は小さな学習塾を開いています。生徒たちの歌もたくさん書いてきました。この子たちと触れ合うことで貰った元気と笑顔も量れないほどたくさんあります。今年、二十年目を迎えることができたのも子どもたちの元気と笑顔のおかげです。そんな生徒たちに私から笑顔と共に送ります。ありがとね、ありがとね、ありがとね。

自身の歌集を出すというのは、これまで書いてきた歌を篩いにかけるわけですから、ちょっと寂しい時間も経験したのですが、あまり反省をしない私が過去を振り返る時間を持つことができました。これまでにはもちろん怒りの歌や恨みの歌も書いてきました。でも、時の流れの侵食作用のおかげか、恨みや怒りは小さくなったり、いつの間にか消失していたりしていることに気づきました。一方で、楽しい歌は、動画のように当時の光景をよみがえらせてくれました。歌集作りは、私にとってはとても良い経験になりました。この機会を与えてくださった草壁主宰に心からお礼申し上げます。ありがとね、ありがとね、ありがとね。

そして、刊行に当たり、懇切丁寧にアドバイスを下さった副主宰の三好叙子さま、素敵な装丁を考えてくださった井椎しづくさま、編集でお世話になりました市井社の皆様にも、心をこめて、ありがとね、ありがとね、ありがとね。

勿論、私の拙歌を最後まで読んでくださった皆様にも、ありがとね、ありがとね、ありがとね。

平成二十七年三月　　　　　　　　　　ひまわり

ひまわり（喜多志津子）
1956年　大阪生まれ
1979年　大阪市立大学卒業
1996年　学習教室開設
1999年　五行歌の会入会

五行歌集《ごぎょうかしゅう》　ありがとね、ありがとね、ありがとね

著　者　ひまわり
発行人　三好清明
発行所　株式会社　市井社
東京都新宿区市谷田町三―一九　川辺ビル一階
〒162-0843　TEL03（3267）7601
印刷・製本　創栄図書印刷株式会社
第一刷　二〇一五年五月二日

ISBN978-4-88208-135-7 C0092